Livre pour Enfants:
La Princesse Pastèque
(Français)

Ce livre appartient à

_____

Les grands-parents de Mia
habitent dans un petit village
surnommé le Village des
Pastèques, où il y a beaucoup
de soleil durant toute l'année.

Les pastèques de ce village
sont les plus grandes et les plus
sucrées du monde entier.

L'été dernier, Mia rendit visite à ses grands-parents.

Chaque matin, elle alla avec ses grands-parents au champ de pastèques.

Elle aimait observer les pastèques devenir de plus en plus grandes chaque jour.

Le jeu préféré de Mia était de compter les pastèques : une, deux, trois, quatre, cinq, six, sept, huit, neuf, dix.

Les pastèques étaient aussi grandes que la lune et aussi rondes que des ballons de football.

Un jour, Mia alla au champ et compta les pastèques comme d'habitude.

Mais quelque chose n'allait pas. Une pastèque était brisée en deux moitiés.

C'était complètement vide à l'intérieur.

Quand les grands-parents de Mia virent la pastèque brisée, ils furent très tristes.

Qui a mangé la pastèque ?

Le lendemain, Mia se précipita au champ de pastèques tôt le matin.

Elle s'agenouilla et vérifia tout minutieusement.

Il y avait des petites empreintes à côté des vignes de pastèques!

Était-ce un lapin ?

Ou un renard ?

Mia suiva les empreintes jusque dans la forêt.

Sous un grand pommier sauvage se trouvait une petite maison en bois.

Le coeur de Mia se mit à battre très vite.

Elle s'avança vers la maison sur la pointe des pieds et jeta un coup d'oeil à travers la fenêtre.

Au mileu de la pièce, il y avait une petite table.

Sur la petite table étaient posées sept petites tasses.

À côté des petites tasses se trouvaient sept petites assiettes.

Il y avait des pépins de pastèque partout sur le sol.

Est-ce que les voleurs de pastèque vivaient ici ?

Mia frappa à la porte.

Mais personne n'était là.

Elle s'assit sur le paillasson et attendit.

Soudain, elle entendit quelqu'un chanter : « Pastèque, Pastèque, Pastèque, Sucrée, Grande, Belle, Pastèque, Pastèque, Pastèque, Sucrée, Grande, Belle. »

Mia se leva et ne pouvait en croire ses yeux.

Sept nains avec des barbes blanches et des bottes rouges chantaient et dansaient en cercle.

Sept tasses, sept assiettes et sept nains.

C'était leur maison.

C'était leurs pépins de pastèque.

Cela voulait dire que les nains ont mangé la pastèque !

Sans réfléchir davantage, Mia courra vers les nains et cria avec colère.

« Avez-vous volé la pastèque de mes grands-parents ? »

Les nains se regardèrent et ne dirent rien.

Ils furent surpris par Mia.

« C'est moi », dit une voix.

À ce moment-là, Mia vit que quelqu'un se tenait debout au milieu du cercle.

Une fille pastèque !

Son visage était aussi grand et rond qu'une pastèque.

Ses yeux étaient aussi petits et noirs que des pépins de pastèque.

Ses bras et ses jambes étaient aussi fins et longs que des vignes de pastèques.

Elle était aussi petite que les nains.

« Qui... Qui... Qui es-tu ?, demanda Mia.

— Je suis une princesse pastèque, répondit la fille pastèque.

— Je suis désolée pour la pastèque. J'ai grandi à l'intérieur. Mais ça devenait trop petit pour moi, alors hier, j'en suis sortie.

— Tu es sortie de la pastèque ?
» Les yeux et la bouche de Mia
étaient grands ouverts.

« Oui, juste comme un poussin
qui sort d'un oeuf. » La
princesse pastèque donna cette
explication et haussa les
épaules.

« Mais pourquoi es-tu là ?, Mia
devenait curieuse.

— J'ai rencontré sept nains
dans la forêt. Ils m'ont invitée à
rester avec eux. » La princesse
pastèque pointa les nains du
doigt.

« Est-ce que tu vas rester là pour toujours ?, demanda Mia.

— Non, je suis une princesse pastèque. Mon travail est d'apporter des pépins de pastèque au monde entier, comme cela tout le monde pourra manger des grandes pastèques sucrées. Demain, je partirai pour le grand monde.

— Peux-tu m'emmener avec toi ? Je veux aussi voir le grand monde, supplia Mia.

— Tu es encore trop petite, dit la princesse pastèque.

— Quand est-ce que je ne serai plus petite ?, demanda Mia.

— Quand tu auras sept ans. Lors de ton septième anniversaire, si tu tapes sept fois sur une grande pastèque et que tu fermes tes yeux et murmures "pastèque, pastèque, pastèque, pastèque, pastèque, pastèque, pastèque", je viendrais et t'emmenerais avec moi. »

C'était l'idée la plus folle que Mia avait entendue dans sa vie.

Mais voyager autour du monde avec la princesse pastèque devait être très amusant.

Peut-être que Mia devrait garder ça secret et ne le dire à personne d'autre.

Elle aurait aimé que son septième anniversaire soit demain !

Made in United States
Orlando, FL
27 January 2022

14102464R00020